置行堀

Oiteke-Bori

Kazuhiro Nagata

永田和宏歌集

現代短歌社

目次

二〇一三年

二〇一四年

写真・装丁　間村俊一

置行堀

二〇一三年

母系ふたたび

着地点をさがせるやうにゆつくりと紙飛行機が水平に行く

歳月の襞に紛れてゆくばかりひとの記憶もそのほほゑみも

歳月はその輪郭をあはくする静かに人は笑みてゐるとも

コスモスの花群に白き手拭ひの姉さんかぶりがあなたであつた

蟬声と　ともに逝きしは　三歳《みとせ》まへ　葉月のゆふべ　わが腕に
息も敢へなく　汝《なれ》が手を　握るほかなく　汝《な》が額を　撫づるばかりぞ　術を無み　ただに泣きにき　逝かしめたりき

かしのみの　孤りのわれの　〈時〉に追はれ　〈時〉に急かさる
あしねはふ　憂き老いの日々　楽しむこと　つひになき日々
後の日々　まこと生くるに　喜びぞなき

この葉月　暗き葉月よ　ぢりぢりと　地はほのほだち　じんじんと　蟬は鳴きたつ　わが庭の　桜古木に　背を割りて　すがる空蟬　背を割りて　生るるいのちは　わが妻ゆ　わが娘を継ぎて　たまのをの　継ぎて伝ふと　ただ蟬ぞ鳴く

授かりし　ちひさきいのち　泣く声の　ほのぼのとして　ひら

く手の　指のほそさよ　わが妻の　指を継げるや　亡き妻の
爪に似るとや　ほのかなる　午後のひかりに　頸ささへ　娘《こ》は
乳《ち》を与ふ　はじめての　仕草あやふく　小さき口に　あまる乳
首　小さき顔を　はみだす乳房　忘れゐし　かの産院に　若か
りし　われらが夏の　妻と思へる

名を持たぬ　ちひさきものよ　あえかなる　こゑに泣きたり
ひるさがりの　陽だまりのごと　風にそよぐ　姫女苑また　水
に浮く　笹舟のごと　つつましき　されど確かな　生きるべし
生きてゐよとの　きみよりのこゑ

たつたひとりきみの知らない子となりぬ足首に札をつけられて子は

一〇ｃｃ飲みし母乳は一〇グラムの体重増加として測られき

孫といふ言葉にためらひ嫌悪感なくなるまでにわれも老いにき

二〇一四年

馬鹿孤ならず

特定秘密保護法案、衆議院で強硬採決、11・26

だれもまだ怖さを実感してゐないその間《かん》にこそ機はあるらしも

わたしには関係ないとみな思ふ戦前を知らぬ世代のわれら

多数はもとより正義にあらずあらざれど多数が押しきるこの法案も

平賀源内、大田南畝に寄せて「馬鹿孤ならず、必ず隣有り」と。

もう一軒つきあへとわが腕をとる「目の寄る所たまが寄る」ってよ

みつしりと欅紅葉に覆はるる加茂街道を御薗橋《みそのばし》まで

床紅葉《ゆかもみぢ》と誰かが名づけたるゆゑに紅葉より床を見る人多し

京都岩倉実相院

どんぐりを踏みつつ歩くどんぐりは踏まれるために舗道を転がる

どんぐりが落ちてゐるゆゑふくらんで陽《やう》のポケット颯《さふ》のポケット

トムが死んでそれからあなたが死んだこと覚えておかう庭の綿虫

エレベータにひとりゐるときにんまりす生後三月《みつき》の欠伸思へば

ぐらぐらと頭が安定せざるゆゑ頬に支へて階段降りる

かはいいねえかはいいねえとくりかへし抱いてゐるのはだれであらうか

永井陽子を時折思ふ

存在のもつともさびしきさびしさを雨の赤穂にありて詠ひき

岡部桂一郎『一点鐘』後記は簡潔にして

父母《ちちはは》のところへ行きたい　九十歳《きうじふ》に近き歌人がぽつんと言へり

この地下に吹く風いつもなまぬるしアトランティスに吹く風のごと

ご近所の哲学者

ひとつかねのコスモスされどかなしみはけふ会へざりき鶴見俊輔

いつものやうにコスモス持ちて訪ひたれどもはや会へざる人となりたり

ご近所の歌人とわれらを呼びくれし鶴見俊輔ご近所に住む

まあお入りなさいと拉致され長く話したり庭見ゆる部屋に病みこもります

死後とふ時間

見せ消《け》ちのやうな失言　敢へてなす失言にわれら馴らさるべからず

抜き身と剝き身のはつかなるずれ　言ひつのるひとの必死にやや距離を置く

反応のなきを悲しみかつ忿《いか》る若きらに秘密法のこと言ひてのち

先生は元気ですねと目が笑ふ元気で結構　怒れワカモノ！

反論より始末に悪い無関心　君らの時代のことだいいのか

愚かなる政治家を選びし民衆の愚かを揶揄するだけの愚かさ

*

川幅をくつきり細く見せながら雪原につづくひとすぢの黒

雪つもらねば気づかなかつた水の幅電車の窓のゆふぐれに見き

先生の本で志望を変へました　それでいいのかうれしいけれど

ごきぶりの記憶の研究発表を褒めれば女学生はにかみて笑む

賞味期限をうるさく言ふひと嫌ひなりブランドを言ふひとも嫌《いや》なり

*

もう少し咲くまで待たうか病むひとに届けるための水仙匂ふ

さらりとした光のなかに咲いてゐるあなたが植ゑし水仙の花

あなたにはなくてわたしにのみ続く死後とふ時間に水仙が咲く

この世には死後とふ時間が続きゐる身震ひをして雪落とす枝

水仙の茎折れやすくわづかなる雪載せて雪に折れし水仙

生まれるまへに死んだおばあちやんと懐かしさうに言ふだらうか　この嬰児は

古き映画《フィルム》に雨ふるやうなさびしさを今なら少しはわかつたらうに

ひとりゐる昼が心底さびしいと繰りかへし詠ひしひとのさびしさ

死んだつてやつぱり道に迷ふだらう呑気さうに梅の花などを嗅いで

蛾

飲んで吐き吐いては飲んでゐしころは夜が熟れるといふまでを飲みき

勧められて一博《かずひろ》といふ酒を飲むコップの端に唇ちかづけて

もう誰にも遠慮なんかしないしなくていい年齢《とし》なんだぜおまへもおれも

知つてたかい　君の腸には一〇〇兆の細菌がゐるゐなければ困る

われが虫にならばかならず蛾にならむよ低きより世を眺むるために

駱駝を飼はう

その話でまた盛りあがるふたりとも疲れてゐるのだ駱駝を飼はう

娘はラクダわれはザウガメわが庭に飼はう飼はうとはしやぎてぞゐる

いつかこの階段の下で死んでゐるわたしを見つける子供たちあはれ

小指が痛いいたいいたいと人ごみにまぎれて駅の階段を行く

長き手の長きがままに垂れゐたり湖北の寺の暗き灯《あか》りに

渡岸寺十一面観音

いちれつに茅花《つばな》の白き穂の揺れて湖岸道路はなほ昏れきらず

九条家の池に呼びだす九条家の亀ら小さき頭に泳ぎくる

置行堀

摑まれてゐない吊輪がいつせいに傾きて電車は海の弧を巻く

岬に立つのがもう似あはない年齢になつたのだらう海も見なくて

世界からにはかにひとり離脱する夕暮れがあり愉しくもある

飛行船が渡り廊下を潜るのを見たやうな驚きだつた彼の死

死はきつと死ぬまでほんたうとは思へない死んでもきつとさうなのだらう

己が死を納得するのはいつだらう死んでその死に驚くならむ

最期の息を人は吸ふのか吐くのかとあの夜を思ふたびに思ふも

吹き込まうか吸ひ出さうかと迷ひたる一瞬の悔いはきみ逝きてのち

置きざりと置いてきぼりに差の少しありてあなたが置きざりにした

本所には置行堀《おいてけぼり》のあるといふ置いてけとなぜ叫ばなかつた

夢を見る余裕がなくて夢にすらあなたに逢へぬ日々をかなしむ

くしやくしやになりたる紙のひとところ欠けゐて幼子《をさなご》が食べたるならむ

こんなときこそ母親にゐて欲しからう夜くだちに娘が離乳食を煮る

姑《しうとめ》も母もをらざる気安さが心細さに変はる子育て

褒めてよと子がまたも言ふ褒めかたの下手だつた私　あなたにもまた

ここではない俺がゐるのはここではないと思ひゐたりしあの頃のわれ

縫ひ目

火挟みに摑みあげたり土つかむことなき百足の足は戦《そよ》ぐも

歌はいいのにこの解説が邪魔だなと思ひつつ読むなかほどを飛ばし

京都にて国際会議を主宰する

もうこれで最後にしようせねばとも思ひつつ開会のスピーチを終ふ

五月にはわれの書になるわれの歌がめぐりきて一枚を切るカレンダー

縫ひ目が見えるやうに着せてね　ああこんなことも知らざる父なりしかな

かなしいが親子ではなく夫婦だとひとり飯食ふときに思ふも

パンツ一枚で歩きまはつてゐるわれを咎めるひとのゐないこの夏

封筒に付き来し蟻が食卓をしばらく歩いて潰されにけり

人の死はその日常のなかにありノウゼンカヅラの花が散りぼふ

髪黒族の集団的自衛権論議

煙たがられてゐるのはおほよそわかるけれどいまさら引けず　言葉を継げり

一線を越えてしまつた日本の夏に花咲くさるすべりの紅《こう》

諸子魚

琵琶湖産と念を押されて皿に載るまこと小さき諸子《もろこ》の一尾

三人が日を浴ぶと書け春は春　諸子魚《もろこ》を湖岸の宿に食《た》うべぬ

小さければ少なければただそれだけでありがたきかも琵琶湖産諸子

渡岸寺より蓮華寺へ

きみと来しあの日湖北は昏かつたはじめてにしてそののちはなく

日盛りの道をたぬきがのんびりと横切りてここは蓮華寺への道

石亀の卵を蛇が待ちわびし畑はここぞとバス駐車場

ときどきは覗きにおいでこの世にはきみの知らないをさなごがゐる

四度目の夏至がまた来るさびしさともかなしさとも違ふ夏の入り口

どうせ誰にも拾はれないが踊り場の手すりに三角おにぎりを置く

見たことはなけれど堰はあるのだらう堰を切つたといふやうな涙

箍《たが》だつてどこにあるのかわからぬがこのごろ緩んでばかりゐる箍

雨の長浜

ところにより一時雨なる公園の砂場の砂のはつか湿れる

幼名といふ名で呼ばれゐしころの男子に本懐とふ遂げるものありき

叩きつぶしたい対象が俺だつて、そりやあ君小さすぎないか

とりかへしつかぬことのみ思はれて雨の長浜湖《うみ》に続ける

時代

角瓶の話になれば盛りあがるあの撫肩の、などと言ひあひ

なんとなく糠床を日に五〇回混ぜつづけきて四年となりぬ

小学生のヤモリよねえと言ひさうな人と四年は逢はず過ごせり

「塔」六〇周年記念全国大会懇親会

われのためにみんなが立ちて歌ひたる「時代」だれもがペンライト揺らし

三〇〇のペンライト揺れどの顔もわれを見てゐる見て歌ひゐる

各支部でひそかに練習してゐたと、つんぼさじきといふ桟敷席

永田さんが泣くまで歌ひつづけよとひそかに触れはまはされゐしと

ここにゐるべきひと多けれどゐてほしきたつたひとりのひと思ひをり

三〇年護《まも》りてそして育てたりたいせつにたいせつに君に託すなり

私の主宰交代をもつとも気にかけてゐたのは小高賢であつた

いちばんに伝へたかりし君亡くて君亡きことのまたもかなしも

ガラス戸は西日に曇り立てられて売られてをりぬ寡黙なパンが

吹きあげられしだけの高さを落ちてくるビニール袋は舗道の縁《へり》に

音としてそこにしつかり立つてゐる水の柱は見えざるもよし

冷蔵庫が氷を落とすかすかなる音に驚く、までに疲れて

いつもいつも大事なことは言ひ忘れ運河を流れゆく墿の尻

高速道路下《した》の水路は日のささず舟ゆかず魚の跳ぬることなし

カメがどうやら最初に覚えたことばらしいこの子のまはりにカメしかなくて

ものを落とすといふよろこびを覚えたる子がつぎつぎと本を落とせり

高ボッチ高原草競馬

振り落とし振り落とされしそれぞれに走れりどつと囃せるなかを

振り落とし馬場を逆走するもありやんややんやと紙コップ酒

一升瓶にて五一《ごいち》ワインがまはりきて本部席もう市長が赤い

先頭がどれで後尾がどれかなどどうでもよくて草競馬なり

アドバルーン撓ませて街の空広しひとり来し北の駅前広場

やまびこがはやぶさ通過をゆるす駅　北の駅には秋の風立つ

ねこじゃらし

狗尾草《ゑのころ》は犬の仔にして風に穂のさやさや揺るるとき猫じゃらし

思ひ出せない父の命日知るために淳の歌集のページを渉る

ねむくてねむくて死ぬほどねむいと言ひながら死にゆくならむわれの場合は

面倒だ使つてしまふか教へ子とさらりと言ひてインタビュー終ふ

とっ、ととと、とととあやふく同業の悪口ひとつ呑み込みにけり

あぶないぞ

親孝行も親不孝もなく死なしめて二年いちども墓には行かず

階段は最後の一歩があぶないぞ　あぶないぞあぶないぞ殊《こと》に独り身

まだ半分も終らぬ選歌ゆふしぐれ新幹線は東京に着く

トンネルに入りて横揺れ激しかり選歌を膝に目をつむるなり

回る風車回らぬ風車の横に立つ回るのが当然だらうといふやうに立つ

二〇一五年

まさか

まさかそんなとだれもが思ふそんな日がたしかにあつた戦争の前

忠告かはた警告かと思ふまで声しづかなり電話の向かう

唐獅子牡丹

アメリカより戻りし学生の土産なるC・エレガンスは線虫を言ふ

届きたる線虫を覗き線虫をかはいいと言へりわが女学生

線虫の動きをわれに指しながらこの子あの子と女子学生は

特定秘密保護法問題について二か所で講演

権力より隣組こそ怖ろしと言へばいづれも老いがうなづく

権力にはきつと容易《たやす》く屈するだらう弱きわれゆゑいま発言す

知ることは権利ではなく義務なのだ　イントロとして弁護士らのまへ

小高賢　君には聞いて欲しかつた歌人とふ鎧を脱ぎて講演

公益に反せぬ限りとふつつましさ　このつつましさがあぶないあぶない
自民党憲法改正草案・第十二条および第二十一条二

「公の秩序を害する」君のその視線は立派な逮捕の理由

余計なこと言ふんぢやないよと裏庭に母が小声で叱りたること

ひそひそと誰もが言葉を呑みこんで月下の辻に影ばかり立つ

高倉健死去

異議なし！の声は飛びたり長ドスを抜いてしづかに鞘捨つるとき

汚いことが誇りでありしあの頃の西部講堂唐獅子牡丹

フロントガラスにあたりてそのまま貼りつきぬ中山道の鳥の糞白し

分限者《ぶげんしゃ》とふ言葉さらりと語らるる旧街道は梲《うだつ》をかかげ

天と地をあはせるはなぜ　俳句誌は字間はつかに違《たが》へつつつづく

できてゐたはずの一首が消えたりき間違ひ電話を切るまでの間《かん》

博打打《ばくちうち》をハスラーと訳すこの本にポール・ニューマン寡黙なりしよ

がんもどきは雁ではないが似てゐると、さうは思へず取り敢へず飲む

エボラ出血熱もはや話題とならぬ国に一生を生きる寂しく、怖ろし

*

〈あひだ〉――作者と世界と読者と

歌は、作歌をする主体と世界との接点・境界に生れるものである。
むしろ、谷川俊太郎に倣つて、詩は自分の側にあるのではなく、
世界の側にあると言つてもいいかもしれない。

歌は自分の思ひを伝へる詩型であるが、
これだけはぜひ伝へたいと思ふとたいてい失敗する。
歌ひたい事柄が作者のものであると錯覚するところに、その失敗は由来する。

詠はれてゐる内容は、従つて決して作者のみに帰属せず、
しかも一方的に読者に所有されるものでもない。
謂はば、世界が、読者と作者の〈あひだ〉を漂ふところに、詩は成立する。

読者は、作者と世界とが対峙する現場に立ち会ひ、
作者対世界といふ関係を、やがて読者対世界といふ関係にシフトさせる。
世界を視る作者の眼を内在化させつつ、もう一度世界を視ようとする。

一首の歌を挟んで、作者と読者が向かひあふ場、それが「読み」の現場。
作者と世界の関係を包摂しつつ、世界との新たな関係を構築する、
それが「読む」といふ行為である。

午後の講義

Post Coitus 不思議な店のマスターは至つて無口シェイカーを振る

受精後と読むは科学者　性交ののちと言ふともともとより可なり

よろこびか哀しみか然《さ》あれ受精とは精子を迎へ受け容るること

可能性のままに無為なる死を遂げし若き日の彼らを思ふときをり

数億のなかの数個がわれさきに卵子の壁に頭《づ》を入れむとす

一個だけでもう十分といふやうに卵子は精子をはねかへすなり

犍陀多《かんだた》のやうなものだと説明し芥川《あくたがは》から説明しなほす

鞭毛《べんもう》によつて尾を振る仕組みなど図解してをれど眠れる多し

いつせいに精子の泳ぐ動画など見せつつ午後の講義を終へる

怖い

脅《おど》かしてさへおけばあとは人が人を互ひに見張る　戦前のやうに

権力はほんとに怖いだがしかし怖いのは隣人　その視線なり

自粛とふたとへばそんな迎合がすぐそこにもう見えるではないか

余計なことには関はりたくないといふ意識だれにもあつてそれこそが怖い

見解の相違と言ひて打ち切りし人ありまこと素直な本音

蓬と艾

さうなのか蓬《よもぎ》と艾《もぐさ》はおなじかと言へば喜び言ひふらすらむきみは

三角に尖らせて線香で火をつける祖父の背ありき義父の背ありき

灸《やいと》するゐるぞと一度どこかで言つてみたし我に五人の孫あり

さういへば熱ショック応答の講演をせしことありき明治鍼灸大

三里に灸すゆるかすうるかまあいいが松島の月を見たることなし
「松島の月先心《まづ》にかかりて」芭蕉

顔のあたりから老けてゆくのがよくわかる焚火の熾《おき》に屈みこむとき

おだて方がこのごろ少しうまくなりあぶないあぶない亀を見てゐる

ひと言の挨拶もなくすれ違ふ裏猫ならずわが家の猫

ほよほよほよほよ風もないのに綿虫が流れてゆくよひとりぼつちだ

本棚の一段分にをさまりし一生《ひとよ》の量《かさ》をかなしみにけり

枝はその影を恃《たの》みて差し交はす　こもごもに人は死者かかへ生く

竜骨

言葉にはあらぬ歌詞にて蜂谷真紀しづかに「竜骨《キール》」を歌ひをはんぬ

完璧な音源としての声帯かたとへば竜骨《キール》の軋みのやうな

触覚として届くなり声にしもあらぬ波動の直接として

柚子の木も多羅葉の木も切られたりあっけらかんと庭は見通し

竹垣となりたるわが家の竹のうへ雪は積もれり仏飯のごと

尿酸値を言ひつつしかし止《や》められぬ牛深《うしぶか》産のからすみ旨し

自分でも疲れてゐるのがよくわかるきみの写真の前の饒舌

二億ドル

断るは引き受けるより疲るると徐々に知るころ老い深むなり

今週さへ乗り切ればあとは何とかなる　先週もたしかさう言つてゐた

狛犬の頭は濡れて暮れむとす積もらぬほどの雪降らしめつ

下《しも》御霊《ごりやう》神社の阿吽《あうん》の狛犬の阿《あ》は笑へるか否、瞋《いか》れるか

上《かみ》にも下《しも》にも早良親王《さはらしんわう》祀られて御霊《ごりやう》は京のどこにでもゐる

グアンタナモの虜囚の服の色といふオレンジは死を意味するといふ

予想し得た結末にあへて目をつぶり二億ドルをと言ひしくちびる

どこまでも残虐になれる人間の想像力に圧倒さるる

救出が口実となり派兵へと雪崩れゆくこと杞憂と言はず

僅かなる金といへども憲法を護る集会のためにカンパす

椋か欅かやはりわからぬわが庭の大欅より葉は降りやまず

からすみを食ひたるあとの木の箱は源泉徴収票を入るるに良けれ

このあひだ死にたる猫の皿をおき餌を盛りてけふの猫手なづける

こんなことやつてられるかと声に出して言ひたるのちは濁酒《ぢよくしゆ》が良けれ

二足歩行

網目キリンは網目のなかに生まれきて網目は立てり生後一日

這つてゐた記憶はこの子にもうなくて二足歩行の子と手をつなぐ

コップにてお茶を飲むとき音がして上の歯下の歯二本づつなり

へパーデン結節とたぶんいふならむ朝起きて指の痛きを曲げる

八紘一宇

「死んだはずの言葉が、まさか！」と思へどもそのうちまさかとも思はなくなる

くりかへし小出しに言葉は繰り出されそのたび少しづつ鈍感になる

二度目にはまたかと思ひ思ふだけで過ぎてゆくなり　脱感作といふ

脱感作：免疫学用語。アレルギーの元になる物質に
少しづつ暴露して、反応性を弱める

馴らされてゆく言葉こそが怖《おそろ》しい初めは誰もが警戒するが

何かがあればみんなが同じ方《かた》を向く「私はシャルリー」などとも言ひて

虚構論議も歌壇も大事　しかしいまもう少し怖いところにゐるやうな気がする

戦後七〇年いまがもつとも危ふいとわたしは思ふがあなたはどうか

序列

梅の花がぽつりぽつりと見えながら私の春はのぞみのシート

五合目のあたりが雲に隠れたる新富士駅に見る雪の嶺

政権の批判はむしろ容易《たやす》けれ選んだ責任を棚上げにして

序列さへ乱さねば猫も平和なり外猫二匹に順に餌をやる

のぞみ一一二号東京行

四月二日、一〇時五三分京都発のぞみ一一二号。思ひ立つてリアルタイムで歌を作る。品川までの二時間一三分、未完の数首を含んで三八首をなす。時速一五首。

鴨川には桜がやはり似合ふかと上流を見て下流をも見つ

花咲いて水を覆へり花の下の水はしづかに膨張をする

八本の櫂そろひつつ下りゆくレガッタの春が瀬田川に来て

堤にはかならず桜が植ゑられて花を映して水流れゆく

稜線にわづかに雪を残しゐる比良連峰は湖を隔てて

佐和山城跡と記せる看板が彦根カントリー倶楽部の隣にぞ見ゆる

雪斑《はだ》ら残れる山の伊吹嶺《いぶきね》の薬草園に行つて見たきかも

西川ローズの羽毛ふとんで寝たことはなけれど親し　春の看板

揖斐川の堤を覆へる黄の花の菜の花にして西洋芥子菜

僧ひとり見たこともなく通り過ぐ岐阜の羽島は十一時過ぎ

炎天より僧ひとり乗り岐阜羽島　森澄雄

岐阜中央病院に講演をしたることありき招《よ》ばるることが嬉しかつたあのころ

キリンビールの大きなタンクが並びをりなかに飛び込み泳いでみるか

目立つてはならぬものらし見上げねば見えぬなり「イズモ葬祭貴賓館」

名古屋を過ぎれば風景はまこと単調になりて続ける高圧鉄塔

湖《うみ》の縁《へり》川の岸また校庭に植ゑられて桜は境界の花

枯れ色の残れる岸はうれしくてしかし裸足で行くこともなく

自然には直線なしとまた思ふ浜名湖の水を囲ふ直線

ソーラーパネル敷き詰められし畑地なりパネルの下の陽の差さぬ土

いくらでも土地はあるらし工場を囲みて車の背が犇めける

野晒しの流木白く洲に見えて大井川いまも川幅広し

静岡駅に降りし記憶を辿れどもあはれ脳《なづき》は反応をせず

見えねども確かに富士を感じつつけふもたなびく煙を眺む

山と山を結びて走る高架道鈍く光りてトラックが行く

五〇年を新と呼ばれて古びゆく新丹那トンネルまだ抜けきらず

遠近《をちこち》に桜が咲いて軽薄な町となるなり沿線の町

雑木林の明るき陽射しに消ゆる径行《みち》くことのつひにあらざらむ径

小田原の外郎《ういらう》銀の数粒を飲めと差し出し馬場あき子元気

宿木は見つけるだけでなにかかう得した気分にならないか　きみ

先週は新横浜に降りたりききみと住みたる家を探して

何もない野の駅なりき君と二人菊名に住みしころのこの駅

墓地にこそ桜は似合ふ品川に着くまで見下ろしゐたる街にも

二月の紫苑

肺病と言つてゐたのだあの頃は　肺病病みは離れに住みき

離れの縁に立ちて見てゐしあれが母　いつも見てゐるだけだつた母

死の間際にも母にその子を会はせざりし「家」を憎みき父を恨みき

ひと目だけでもと言つた気がする言つてゐて欲しいではないかわが母ならば

どんな言葉にわれを託して死にしならむ父は最期を語らざりにき

私の母の記憶を小中英之が「二月の紫苑」といふ美しいエッセイに書いてくれた

美しき文章なりき泣き虫の小中英之泣きて聞きしが

闇でしか手に入らなかつたストマイは父の手により母に打たれし

デルタ

さうめんしか朝は食べないと決めてゐる人に聞くなり出汁《だし》の取り方

折ればほら茎に空洞がないものはヒメヂヨヲンよとわが庭の花

濡れ縁の板のあひだに顔を出すああ盗人萩をなんとかしなくては

使ふひとの無きまま先の折れてゐる熊手箒を壁に立て掛く

三角州《デルタ》つてそのひと言でもうわかるこの人にありし京都の時間

矗眉目

まいにちねときみが言ふから糠床をまいにち混ぜて五年が過ぎぬ

期待して言つたのだらうか　妻の死後七年で世の男は死ぬと

七年で死ぬのも悪くないかなと思ひつつ今年の定期健診《ドック》予約す

たちあふひ律儀に咲けりしわしわの紅き花びら去年のやうに

死後の時間をわれと生きをりよかつたわねとあなたが言つた花たちあふひ

ひと月も咲き続けゐる立葵あなたはよかつたわねわたしの庭に来て　河野裕子『蟬声』

吸へなかつたのか吐けなかつたのか　あの夜のきみの最後の息を思へる

わたくしが伴侶であつたかの日々のあなたの帽子が押入れにある

ゆふぐれの麦の畑が焦げてゐるぢりぢりぢりぢり死にたくなつた

ヘンな家なり娘より息子より普通に電話がかかる午前二時

どう見ても猫には見えぬ猫なれど子がよろこべば髭をつけ足す

不愛想はやはり父親ゆづりかとトムに肖《に》るゆゑトムⅡと名づく

不愛想だがどこか気品がと思へるはたしかに贔屓目といふものだらう

アラビドプシス　ペンペン草の一種なり遺伝子組み換へモデル植物

シロイヌナヅナとも呼ばれて遺伝子を操作されしが逃げ出しにけり

石上堅魚《いそのかみかつを》と言へる歌人《うたびと》のありて卯の花の歌のむづかし

河口には河口の鬱がたちこめて舗道の罅にヱノコロが生ふ

笠被り一本《いっぽん》占治茸《しめぢ》が釣りをする土手はしづかな夕暮れとなり

酔つぱらつてわが家の庭に小便をする男あり　私であつた

貧乏くさい男も女も嫌ひなり猫だつてさうだ上目づかひに

われわれと言はれるときのわれわれに私は入つてゐるのだらうか

祝賀

石川一郎君・住谷はるさん結婚披露宴、六月七日

この上なく居心地が悪いといふやうに新郎は皿を見つめつつ食ふ

一刻もはやくここからずらかりたいそんな仏頂面をわれら楽しむ

宴の間も新郎が心配でしやうがないそんなだつたよ河野裕子も

五十年前を神父が言ひしそのときの君の涙を見てしまひたり

死の迎へ方

あつと言ふまに過ぎたる夏至か花すべて咲き尽くしたる花たちあふひ

石段のいちだんいちだん意識して幼子にくきくきと朝が始まる

わが縁を野良三匹が出で入りすおのづからなる序列はありて

幹に摑まる力の尽きるときが死と知るはずもなく蟬らは鳴けり

死ぬために落ちるよりなくて落ちるなり自然死といふ死の迎へ方

パプーシャの黒い瞳の映したる森は一度でも救ひであつたか

「パプーシャの黒い瞳」はクシシュトフ・クラウゼ監督の遺作

言葉を識る幸と不幸を思へども森は誰をも慰めはせず

あるべき光と添ふ光

夕光《ゆふかげ》にでこぼこ見えて水の面《も》を風渡るなり　ひと日とひと世

ひかりにはあるべき光と添ふ光おのづからにして簡明ならず

動けなくなるまでにまだもう少し間はあるだらうと聴く青葉木菟《あをばづく》

ご近所の歌人とわれらを呼びくれし鶴見俊輔もうゐないなり

鶴見詣でと言ひつつ夜を歩きたり木蓮の塀を左にまがり

おはひんなさい　いつも言はれた気がするよコスモス束ねて訪ねた日にも

眼《め》の力　眼《まなこ》の光に圧されつつただはあはあと応へをりしか

天窓ゆかすかな光の陰翳となりて届けり笹のさやぎは

ひと晩ぢゆう廊下に灯りの点《つ》いてゐる向かひの家に老人二人

目陰《まかげ》して地下より出で来　修道士ドン・ペリニヨン今日も不機嫌

茱萸坂

茱萸坂と言へばひとりを思ふなり斜めに粗き晩夏のひかり

秋の終わりの茜の空に響動《どよ》めきぬ声に太鼓のまじる茱萸坂　小高賢『秋の茱萸坂』

君もきつとここにゐたはず叫んでもゐたか茱萸坂ひとが溢れて

君あらばいまこそ君と話したき肚を割つてといふ話し方

おそ夏のひともひかりも寡黙なり歌人はなべて臆病すぎる

君が死を知つてゐるひと知らぬひと河野裕子は知らざる一人

手のひらのやうに九月の雨は降り肩がやさしく濡れてゐしのみ

夕映えの似合ふ川なりフェニックスの樹と樹のあひに夕日は沈む

大淀川「みやざき百人一首」

蕎麦と麦酒と茅蜩の声

鳴き沈み鳴き澄みゆける茅蜩《ひぐらし》の晩夏の空の裂け目にぞ鳴く

「大《だい》さんが死んだ　妻も子もなくてカラオケだけに賭けてたらしい」

われひとりまだ働くを憐れまれ蕎麦屋の二階の木の丸き椅子

やり直せるとしてもやっぱり択んださ蕎麦と麦酒と茅蜩の声

いちおうは羨んでおく庭仕事畑仕事に雨の日の読書

こんなもんさと言ふそれぞれの「こんなもん」笊の編目の蕎麦を穿《ほじ》りつ

手も足も律儀に揃へ仰向きて蟬が死ぬなり晩夏の庭に

中央西線

たったひとつの死を死ぬために人は生き巻添へ死などとふ死にかたもする

一を択ぶは他を捨つることわが捨てし片々が輝《て》る遺影の傍へ

殊更にわれを無視する物言ひの半ばまで来てあとは読まずも

ワイン樽ホームに積まれ夕暮れの塩尻駅に待たれてありぬ

岩を嚙む木曽の流れに沿ひてゆく中央西線晩夏のひかり

雄蕊雌蕊

たれもたれも死をひとつづつ引き連れて路上を歩く晩夏の光

いただきし線香がまだ使ひきれず線香に消費期限のあらず

草刈りをせぬは心の怠慢かさにあらずとは言はず　秋の日

一本の雌蕊を雄蕊取り囲み昼のひかりのなかのやまゆり

職員食堂坂の上にぞありたれば昼食帰りに紅葉見下ろす

山に行くならきつとわたしを誘つてよ雪来るまへの肌熱き山

こんなに働くのは

振りかへり振りかへりつつ斑猫《はんめう》の止まる石段《いしきだ》死はただひとつ

コスモスの影の揺らぎはもう見えぬ飲みつつ夜に入りてなほ飲む

いくつもの死を持ち己の死を知らず乾杯などとそれぞれが言ふ

畳みゐし大切の死をつぶつぶと語りはじめぬ猪口《ちよこ》の片影《かたかげ》

たいせつなたいせつな死を身に深く沈めて人はかくも穏やか

この人のなんとも言へぬやさしさに死者の記憶の照り翳りつつ

親の介護にときのま話ははづめどもまだ話題とはならぬ己が死

いつまでを働きつづけるつもりかとそのときだけは真面目となれる

こんなに働くのは自分に自信のなきゆゑと言へば笑ひぬ笑ひて注《つ》ぎぬ

消費期限は賞味期限に優先す昨日が消費期限つて顔だ

人の悪意に

三本の斜線やさしき公彦のファクスの隅にはやつぱり駄洒落

広島の味付け海苔をアテにして呑むなり吾は吾だけのため

人の悪意に敏感過ぎるわたくしをそろそろなんとかせねばなるまい

幼きは今日も来ぬなり部屋隅に手持ち無沙汰のトトロもわれも

寄り添ひて眠るとふことのやさしさにわが顎のした小さき頭のあり

天井のひとところ色の変はりたり夜ごとあなたに線香を焚く

さうなのか猫も死んだら北向きに寝かせるのかと谷口純子

二〇一六年

落ち葉焚き

二人ゐて楽しい筈の人生の筈がわたしを置いて去りにき

一年に一度と決めて落ち葉焚く線香立ての灰にするため

拝んだりしないけれども線香は毎日焚いて冗談も言ふ

今年わが落ち葉の季《とき》に遅れたり八幡さまにいただきに行く

濡れ落ち葉をまづは天日で乾かして焚けども燃えず　燃えず燻る

僅かなる暈《かさ》となるのをよろこびて燻る落ち葉にまた葉を焼《く》べる

葉のかたち残せる灰を壺に詰めうれしも壺は手に熱きかも

にしんそば

出汁《だし》をとることさへいまは覚えたるわれを見せたしきつと笑ふが

蕎麦茹でて出汁に鰊を放り込むさういふものだにしんそばとは

あなたとふやさしき呼び名に呼ばるることこの後《のち》のわれに無きを思へり

あなたへの借りあるやうに思はれて墓のことまた考へてゐる

墓を作ればここにあなたがゐなくなる会ひに行かねばならなくもなる

わが窓に見えてうれしもなかんづく春の芽吹きの見えて神山《かうやま》

あの永田さんがといふ声聞こゆ「あのナガタさん」が誰かもうわからぬわれに

「一歩前へ」と注意のあれば疑はず一歩踏み出し小便をする

アボリジニの拍子木われのもとにきて肩たたく木となりたるあはれ

家中のテンタウムシを見つけては「おそとへおゆき」と幼な忙し

ガリ版をプリントゴッコの〈やうなもの〉と言はねばわからぬ世代に話す

固有名詞

シデムシの日高敏隆荒神橋の途中で遭ひてすれ違ひたり

よくも付けたと思ふはわれらヒトばかりギンメッキゴミグモ風に揺らるる

ゴミムシとゴミムシダマシ似て非なりカクスナゴミムシダマシまでゐて

トゲハムシ亜科にはトゲナシトゲハムシ笑つてゐたらトゲアリトゲナシトゲハムシ

ハダカデバネズミすなはち裸出歯鼠にして長生きしかも癌にはならぬ

「吾輩は心臓の隣り」など言ひて高野公彦帰り行きたり

映画監督吉川鮎太好青年抱いてやつたんだぜと言ひたくもなる

雨の中洲

めづらしいと言はるるだけでかそかなる品が漂ふシロバナタンポポ

きれいだと気を許してはなりませんツルニチニチサウが庭を覆へる

繰り返すことがよろこび箱に入れ箱から出して子のぬひぐるみ

思ひだせないあの人の名に拘りて仰げば昼の月の薄切り

この脚を抜くか抜かぬか決めかねて雨の中洲に白鷺一羽

花を待つ――賀茂曲水宴

橋殿の脇、土舎《つちのや》にて修祓《しゅうばつ》の儀

いっぽんの紙縒《こよ》りもてわれら祓はれて祓ひし紙縒りは水に投げらる

宮司、祭文奏上のあと、奉仕者を代表して拝礼

遷宮の成りしばかりの本殿に二礼二拍手一礼を為す

渉渓園に参進、それぞれの席につく

流れ隔ててそこにあなたがゐたはずの席に娘の小袿《こうちぎ》が見ゆ

書き損じあれあれあれと思ふ間に有無を言はせず觴《さかづき》は寄る

春の陽の楢《なら》の小川の細流れ羽觴《うしやう》がわれに差し出《いだ》されぬ

盃を口にはこべば白き緒《を》の懸緒《かけを》が顎を強く締むるも

括《くく》り緒《を》の袴の裾の緩み見え披講の間《かん》を項傾《うなかぶ》すなり

杳《とほ》き日の遊び場なりしこの苑に歌人《うたびと》としてわが二十年

献詠歌二首　歌題「待花《はなをまつ》」

あなたとふ言葉やさしもこの庭に花を待ちつつ聞くこともなし

量感のふつさりとしてゆふざくら待たれてありし時を蔵《しま》ひて

ちりめんじやこ

たぶんきみは喜んでゐる墓なくて箪笥に猫の骨壺とゐる

妻と呼ばれてゐたころ人は明るくて竹箒はきはき使ひてゐたり

さまざまのことを忘れてひともわれも膨らむ桜のふくらみのなか

どいつにも目が二つあるなと言ひながら佐佐木幸綱チリメンジヤコを喰ふ

Cold Spring Harbor Symposium 二十五周年

朝を飛んで朝に着きたり一日を得した気分で五番街を歩く

前の席の Jim Watson も老いにけり同じ長さのひと世を生きて

「三匹のチビねずみよろしく」と詠ひたるあの頃のきみあの頃の子ら

三匹のチビねずみよろしく入国す黄色きリュックあたふた負ひて　河野裕子『紅』

我を知らぬ若きら増えて我の知らぬ若きらも増ゆ　二十五年か

二十五年はそれぞれに老いを強ひるものなにより話す速度が落ちて

英語力の差は歴然とただそれをいまは苦痛と思はざるのみ

セクシーと言はば言ふべし黄昏の滑走路に蒼き灯が滲むなり

あの時のメダル

男らはネクタイをしてスタンドに詰めかけてゐたポマードもつけて

最終日の女子バレー決勝でソ連に勝つ

髪型がをばさんだつたあの頃の選手もそして観客もみな

鬼のとか根性とかがスポーツから消えて久しも鬼の大松

はるか後年、「東洋の魔女」のキャプテン河西昌枝さんと一緒に日比谷公会堂で講演

あの時のメダルですかと首に掛け写真を撮りぬ老いたる魔女と

マラソンはレースの外にドラマがある。哀しいかな、円谷幸吉の場合

「ねばならぬ」が人を動かしゐし頃の「ねばならぬ」はまた人を殺しき

「美味しう」の「しう」の響きが哀切で「しう」がいまでも私を泣かす

わたしには書けないだらうひとりひとりひとに届ける言葉切なし

楽しんできたいと誰も言はざりき日本のためにと口をそろへて

バルセロナオリンピックの時、私はマドリッドに出張中、
「夜の淵にはるかに君も見ていんか有森裕子抜き去られたり」（『饗庭』）なる一首を作った

マドリッドの夜のテレビを消音にして見てをりし有森裕子

四年後のアトランタで涙の銅メダル。「初めて自分で自分を褒めたい」と

ゴールして空見上げたり白き歯の白さが残る有森裕子

隣組

朝顔の紺の凋《しぼ》める隣家《となりや》のポストに落とす今朝の回覧

全戸配布とあれば全戸に配布する内容は問はず班長なれば

公園掃除の通知と一緒に配られるだらうたとへば非常事態宣言

権力よりはるかに怖い　ご近所のいい人たちのさりげなき視線

誰も誰もいい人ばかり　お互ひに監視してゐたあの頃の日本

統制もまた摘発も善良なる隣組なら任せておけよう

自治会の目の届かざる家はなくその安心は怖さでもある

晩夏は死者の親しき季節

会へぬまま逝きたる歌人をまた思ふ凌霄花の横を過ぎつつ

雲の翳りのくきやかに街を走りゆく晩夏は死者の親しき季節

おのづから濃淡ありていくたりの顔を持つ死者はた持たぬ死者

こんなふうに蟬が静かに鳴いてゐた六年前のあの日の午後も

もう長く夢のなかにも出てこない早く忘れよと言ふのかきみは

雌日芝をつぎつぎ結び歩きゐき何だつたらうあのときの喧嘩

あたりまへすぎて言へない寂しさはヲナモミの棘まだ緑なり

どくだみも一緒に刈つてしまひたりどくだみ化粧水作る人もあらねば

市ヶ谷を過ぎて見えくる釣り堀にみな俯きて帽子被れる

権之助坂降りて登れば元競馬　苦しき恋をしてゐたるころ

己が死をしかと見つめて詠ひ継ぐ人の選歌をしてをりわれは

太田胃散ひと匙だけでは足りなくて宵より夜へ、夜半も苦しむ

食道と胃との境が緩むゆゑ老いは逆流性食道炎に苦しむ

萵苣《ちしや》はレタスの別名なりしこと花山多佳子の歌集に知りぬ

お互ひに思ひ出せねば二駅を先生で通す　ではまた、など言ひて

抱へこむやうに署名をするオバマ左薬指《ひだりやくし》にリング光らせ

京都大学にて

法経四番教室午後閑散として暑し軍学共同反対集会

軍事研究に流されむとする危ふさを説きつつ声静かなり池内了《さとる》

指名され壇上に登ればあはれあはれわれより歳上の聴衆の多さ

若者の姿の無きを危ぶみぬ軍事研究の怖ろしさより

褒められ上手

飴ひとつ舌にころがし「文系のための生命科学」の講義に向かふ

申請書にひと日こもれるわが窓にときをり聞こゆゴルファーらの声

学園祭近づきたれば提灯に灯ともり広場は灯に囲はるる

いつのまに紅葉《もみぢ》はかくも進みしか夜のキャンパスに黯《くろ》し紅葉は

スペインのほらあの踊りとあはれあはれ思ひ出せねば　腕あげて、ほら

フラメンコが出てくるまでの時間かな青に変はりてバス動き出す

襟が擦り切れてゐますと紙貼られクリーニングのワイシャツ戻る

こんなにも晴れて朝から亀日和散歩に行かうと誘ふ人なく

もうわたしを包んでくれる人なくて庭のコスモスを切る人もなし

コスモスは貧しき花ぞなかんづく乱れて庭の曇り日のなか

あの頃のあなたは憤怒をもてあましわれの帰りを待ち難《がて》にをりし

三角測量かの日晩夏の影粗き吉田山にはあなたがゐたが

凄いわねえとあなたが褒めて褒め上手褒められ上手のわたくしがゐた

とりとめもなき思ひかなきみと逢ひし街には葉鶏頭の花多かりし

一〇月二〇日、平尾誠二死去。二三日、親しい者だけの音楽葬

あまりにもそれはそのまま君である遺影に人は笑ひつづける

眼の先に楕円のボールを見るごとき視線のああ、なんて若いんだ

君のこの笑顔がわれに残るらむあの高笑ひのあの声もまた

一〇月二七日、Susan Lindquist 死去の報。Whitehead 研究所前所長

Susan《スーザン》が死んだと伝へ一行のメールが闇に鈍く光れる

Hi《ハイ》 Kaz《カズ》とメールを受けしは三月前　A P《エーピー》通信その死を伝ふ

同い年と思ひをりしが二つ若くああ三十年の淡き交はり

わが庭の桜もわれも老いたれば紅葉もせずに葉を落としたり

辻ごとにゴミ収集車止まりゆく今日はゴミの日燃えるゴミの日

トムもローリもゐなくなりたる縁側をときをり茶猫が通りゆくなり

鳴き声のガ行濁音　俯《うつむ》けてバケツ干されてあるあたりより

一〇月三日、大隅良典《よしのり》さんノーベル生理学・医学賞受賞の報

友人としてのコメントいつせいに七紙に載りてそれぞれ違ふ

わが友の受賞を芯から喜べるわれによろこび饒舌となる

飲み友達と紹介されてまあいいか飲む喜びは君ありてこそ

飲む話ばかり訊かれて「七人の侍」いつきに有名となる

もつとも親しき一人が時の人となり振りまはされてこの二三日

三人のピースの写真があつちにもこつちにも載るまあいいとするか

役に立たぬ研究の意味、大切さ語りてわれらの夜はながかりき

二〇一七年

不時着

不時着と言ひ替へられて海さむし言葉の危機が時代の危機だ

Post-truth 他所事《よそごと》ならず無表情に衝突と言ひて去りゆく女人

菅原文太

緑のハチマキ首に巻きつつゆつくりと話す文太の老いのよろしさ

翁長雄志と手を握りたるひと月後文太は死せり死んでしまへり

袖なし半纏これは文太の遺品なり着つつ温もる冬の縁側

沖縄を返せとかの日歌ひゐし己れを問ひて問ひ詰むるべし

「沖縄を返せ」と歌ひゐしはずの「われらのものだ」とふ声が聞こえぬ

沖縄を翁長雄志を孤立させ『戦う民意』を恥深く閉づ

沖縄は日本か否か、日本なら…　ここに私は躓いてゐる

夜のつづきの朝

わづかなる高低の差に水は流れ水は淀みて秋深みゆく

メタセコイア大きひと樹の黄葉して池の向かうに秋の風見ゆ

コンビニに朝のひかりは差しをりて夜のつづきの朝をさびしむ

ああけふは憲法記念日、明治節文化の日などと言ふ人もあれど

いつのまに葉鶏頭が街に消えたのかスピッツが消えシベリアンハスキーが消えた

独居老人と言へば確かにさうなのだ牛乳と朝刊取り込みに出る

石段の一段づつに積もりたる紅葉掃かねばと思ひつつをり

戒名はとつくに忘れ戒名を書きたるメモも無くして　六年

葉牡丹をキャベツと言ひしひとつこと生涯かけてきみは愉しみぬ

柚子の実のあまた実れる柚子の木の下をくぐりて角を曲がりぬ

野に折りて挿されし花よ吾亦紅あの頃われの待たれてありき

あの莫迦野郎

幹白き木々が疎らに続きをり雪来る前の緩《ゆる》き傾《なだ》りに

禿たるも髪の白きも同世代「おう」と短く手をあげるのみ

友ふたり遠くより来て酒を酌む早く死にたるあいつのために

オマヘらと言ひはじめたらあの頃の山の男の酒盛りである

あの山で死んでゐたかもしれなくてぽつぽつつづくわれらの会話

天井より蜜滴りて溜まりしと昔の下宿の蜂の巣のはなし

さざんくわは英語で何と言ふのかと訊く奴がゐて空は曇れる

ぐい呑みに壜より注ぐ常温の酒は新潟越後の酒ぞ

どなたよりいただきしこの焼酎か「五郎」なくなり「伊佐美」を開ける

男三人昼酒を飲む知らぬ間に死んでしまったあの莫迦野郎

あとがき

本歌集『置行堀』は、『某月某日』（本阿弥書店）に続く、私の十五番目の歌集であり、二〇一三年（平成二五年）から二〇一七年（平成二九年）までの作品、四九二首をまとめて一冊とした。その他に長歌が一篇、「作者と世界と読者と」という副題を持つノートが一篇収録されている。

作品の作られた時期については、前歌集『某月某日』と前々歌集『午後の庭』（角川書店）と一部重なっている。『某月某日』は「歌壇」の連載で、二〇一四年一〇月から翌年九月までの一年間、毎日一首以上の歌を作るという試みをしていたので、本歌集の時期を含んではいるが、その連載だけで一冊とした。

本歌集は二〇一三年に始まった「現代短歌」における作品連載を中心にし

ており、その初めの数編は『午後の庭』の時期とも重複している。

二〇二〇年一月からの一年半、私は新潮社の「波」という雑誌に、私の幼年時代から、河野裕子と出会って結婚するまでの、いわば青春の〈彷徨記〉を連載してきた。

特に河野と出会い、お互いに惹かれあうようになってからは、どうしてあんなに激しかったのだろうと不思議なほどに、お互いに傷つけあいもしながら、熱く、性急な時間を駆け続けていたような気がする。物理から落ちこぼれたことや死にぞこなったことも含め、まことに不様な青春の記録でしかないが、河野ともども、あのようにしか生きられなかった精一杯の青春の記録でもあり、その一回性の時間を彼女と共有できたことだけは幸せだったと思っている。連載は、もうすぐ『あの胸が岬のように遠かった』として新潮社から出版されることになっている。

河野裕子との出会いは即ち､私の短歌との出会いとも重なっていたわけで、歌人としての私の出発でもあった。それからの五十数年という時間が、十五冊の歌集となって積み重なっていることを思うと、ことさらに感慨深いものがある。

歌集名は「本所には置行堀《おいてけぼり》のあるといふ置いてけとなぜ叫ばなかつた」から採った。本所七不思議のひとつとされるが、本所の堀で釣りあげたたくさんの魚を持って帰ろうとすると、堀の中から「置いてけ」と怖しい声がしたと言う。逃げ帰って魚籠を見ると、中は空っぽだったという落語の落ちが有名だが、もちろん「置いてきぼり」の語源である。「置いてけ」と私が叫んだとしても、河野は逝ってしまったのだろうが、あの時、どうして叫べなかったのかと、今でも時に思うのである。

本歌集は、はじめて現代短歌社の真野少さんの手で出していただくことになった。真野さんは、歌集を読むことを大切にし、書評に重点を置くという、ユニークでしっかりした雑誌編集のポリシーを持った編集者である。その手でどのような歌集となるのか、間村俊一さんの装幀ともども楽しみに待つことにしたい。

二〇二一年九月二〇日

永田　和宏

塔21世紀叢書第四〇四篇

歌　集　置行堀

二〇二一年十一月十二日　第一刷発行

著　者　永田和宏
発行人　真野　少
発行所　現代短歌社
〒六〇四－八二一二
京都市中京区六角町三五七－四
三本木書院内
電話　〇七五－二五六－八八七二

印　刷　創栄図書印刷
定　価　三三〇〇円（三〇〇〇円＋税）

ISBN978-4-86534-375-5 C0092 ¥3000E